고마워요

그 미소의 의미

발행일   2017년 8월 9일

지은이   이 재 학
펴낸이   손 형 국
펴낸곳   (주)북랩
편집인   신일영   편집   이종무, 권혁신, 송재병, 최예은, 이소현
디자인   이현수, 김민하, 이정아, 한수희   제작   박기성, 황동현, 구성우
마케팅   김회란, 박진관, 김한결
출판등록   2004. 12. 1(제2012-000051호)
주소   서울시 금천구 가산디지털 1로 168, 우림라이온스밸리 B동 B113, 114호
홈페이지   www.book.co.kr
전화번호   (02)2026-5777   팩스   (02)2026-5747

ISBN   979-11-5987-721-6 03810(종이책)   979-11-5987-722-3 05810(전자책)

그 미소의 의미

이재학 시집

북랩 book Lab

차례

제2부 · 온 세상이 아름답게 보일 때

제3부 · 미련 후회 그리고 아쉬움

제1부

그대로 묻혀버릴 이야기

시인의 마을

내 어릴 적
고향은
시를 쓰고 있는
마을이었다

까무잡잡한
뒤뚱거리기도 하고
울고 보채며
뜀박질에
그렇게 우리들은…

돌아와
떠올려
그때를 꼬집어
아쉬워하며
미소를 머금는다

앵기땡기

고모네 집에 갔더니
암닭 숫닭 잡아서
기름이 둥둥 뜨는 걸
나 한 술 안 주고
지네끼리 먹더라
우리 집에 와봐라
수수팥떡 주나 봐라

구전: 다리세기 놀이

소풍 가던 날

신작로
갓길을 따라 열을 지어
혼자서는 낯설어
가지 않던 먼 길

김밥에 삶은 달걀
건네주시는 선생님 손이
회초리보다
더 움츠러들게 하고

보리쌀 반 도시락엔
찐 감자 두 개
내어놓기 부끄러워
멀찌감치 떨어진다

볼펜 끝에 끼워 쓰던 몽당연필,
연필 끝 지우개가 갉아먹은 공책을
나무라듯
보물찾기 두 손에는
공책과 연필 지우개
코스모스 꽃잎 꺾어 물고
뜀박질로 되돌아오는 길은
어깨로 돌려 묶은 책보가
빈 도시락
수저 소리에 운다

대화 장날

일찍부터 어물전에 포장치고 좌판 깔고
위 골목엔 항아리에 신발 판 벌이고
그 밑으로는 옷가지며 오만가지 잡동사니
뒤편으론 북 치고 장구치고 차력하는 약장수
신작로엔 양복 차림에 고무신 신고
소 팔러 가는 촌 노인네

아래쪽엔 쪼그려 앉아 메밀전 수수전에
국화빵 파는 할머니
고소한 들기름 냄새에
치마 잡고 보채는 아이들 성화
아낙들은 못 이기는 척 자리를 잡고 앉는다

맨 아래쪽 골목은 마른 고추 장 열리고
코 막고 지나가는 꼬마들 눈초리
새벽부터 챙겨 입고 장 구경 온 촌사람들로
골목골목 북새통

그 사이로 아이들은 도둑놈 잡기 병정놀이
넝마주이 떼 거지는 때늦은 끼니를 때우고
약장수 뒤편으론 땅따먹기 비석치기 구슬치기
딱지치기

서산에 해 걸리면 짐 싸는 보따리장수
해방되는 아이들
그렇게 하루도 슬슬 꼬리를 내리고
막걸리 한 주전자로 오늘 장을 접는다

저녁노을

아버지 손을 잡고
서산 너머로부터 밀려오는
검붉은 노을을 바라보고 섰다

땀띠물을 덮고
우리 머리 위에 다다르자
잡은 손엔 힘이 들어가고

점차 옅어지며 켜켜이 쌓이더니
새털 모양으로 갈아입고
그 끝이 남산 머리를 집어삼킨다

이미 떨어진 해는
영사기 불빛을 쏘아주듯
붉은 새털구름에 힘을 보태고
그 모습을
깊게 새겨놓는다

아버지는
아직 다 못하고 남은 숙제를
재촉하시며
뒷짐을 지으시고 돌아서신다

집 떠나면 개고생

주전자 안의 찐빵을 도시락 삼아
한 손엔 긴 대나무 낚시대를 어깨에 걸쳐 메고
씩씩하게도 우리는
우리에겐 너무나 먼 셋째 비석을 지나고
국민학교를 지나 강가에 도착했지…
점심으로 가져간 주전자 안의 찐빵은
둘째 비석을 지나며 없어진 지 오래고
슬슬 밀려오는 배고픔에
이미 전의는 상실됐고…
고무신에 들어간 물은
말 방귀소리를 내며
타는 신작로 길을 패잔병의 모습으로
되돌아오는 길에
뽀얀 흙먼지를 뒤로하고
저만치 앞에선 택시 아저씨의 손짓에
대나무 낚시대는 논두렁에 팽개치고,
고마움에 연신 인사를 해대고…

오늘 지나는 그때 그 신작로에는
검은 구렁이처럼 아스팔트가 휘감아 깔려있고
그 밑에는 우리들 이야기도
신작로와 같이 잠들어있다

그때 그 소리

또닥 또닥 또닥
아침부터…

달고나와 뽑기로
한참을 놀고 와도
점심때가 가까와지도록
다듬이 방망이 소리는 멈출 줄 모른다
방망이를 졸라 들고
땅 땅 땅
내가 때리는 방망이 소리는
같잖은지 날아 다니고…

아픈 팔을 돌려가며
엄마 한번 바라보고
옆구리에 달라붙어
어깨를 주물러 드리고…

이번 이사에도
고이 모셔
소중하게 간직한
다듬이 방망이 두 개

잠자리 시집 보내기

바닥에 고인 물을 물수제비 하듯
왕잠자리가 찍고 날아오르기를 반복하는 걸
보고만 있을 우리가 아니지…
쫓다 쫓다 지쳐버린 우리들 머리 위로
잡을 테면 잡아 보라는 듯 비웃으며
왕잠자리가 빙빙 돌다 사라지자
만만한 수숫대 꼭대기에 앉아 졸고 있는
고추잠자리로 목표를 바꾸고
잠자리가 날개를 내리고 방심한 틈을 타
잠자리채를 휘감아 보지만
어디 그리 호락호락할까?
멍청한 것인지 우리를 얕잡아 본 것인지
'꼭꼭 붙어라 앉은 자리 꽃 핀다'라는
우리들의 주문에 걸려 들었고…

반쯤 오므린 고사리 손바닥 위에
잠자리를 올려놓고
'알 낳아라, 딸 낳아라' '알 낳아라, 딸 낳아라'
그렇게 우리는 잠자리 알을 받아
수잠자리에게 먹이고 난 후
꼬리 끝을 잘라 두 마리를 하나로 이어 붙이는
의식을 치르고 난 후에
하늘 높이 날려 보내는
그렇게 우리는 잠자리 시집을 보냈다

롤케이크를 처음 맛보고

군것질과 노는 일에는 둘째가라면 서러운데
서울에서 오신 손님이 롤케이크를 사 오셨다
네모난 상자를 열어 조그만 칼로
동그랗고 기다란 빵을 먹기 좋은 크기로 잘라
먹어보라고 들려주시는데
지금껏 본 적 없던 빵을
낯설고 쑥스러운 얼굴로 받아 들고는
고마운 마음을 눈빛으로 대신하고 나와
마루 끝에 걸터앉아 평소와 다르게 조금씩
음미하며 고민에 빠져들었다
이런 빵도 있었네
십 원짜리 크림빵에 카스텔라가 제일 맛있는 줄
알았던 그 입맛에 롤케이크는 충격을 넘어
놈을 혼란에 빠지게 하기에 충분했다
두 손을 깍지 껴 뒷머리를 받치고 마루에 누워
생각에 잠겼다
세상에는 다른 맛있는 것이 얼마나 많을까
죽기 전에 다 맛볼 수 있을까
그렇게 혼자만의 긴 고민에 빠져 본 적이
처음이었고

과수원에 자두 서리 가자며 찾아온 친구를
바라보며,
조금 전에 맛본 롤케이크의 맛은 죽어도 모를 친구를
측은히 여기며 따라나선다

크림빵 맛있게 먹기

크림빵~
아직 채 뜸도 들이기 전부터 보채기 시작한다
식전부터 실랑이할 수 없는 어머니는
세수부터 하고 오면 크림빵을 사 준다는 말로
일손을 덜고,
수돗가로 달려가 고양이 세수를 하고 오는 떼쟁이에
게 십 원짜리 하나를 쥐여주신다
부리나케 내복 바람으로 사 온 크림빵을
한 입 베어 먹고는 엄마에게 건네고,
익숙한 모습으로 어머니는 솥뚜껑을 밀어
고개를 옆으로 돌리고는 자작해진 밥 위에
크림빵을 올려놓고 솥뚜껑을 닫는다
허리까지 오는 방 문턱을 두 손으로 짚고 선 채
기다리는 그 짧은 시간이 왜 그리 더디던지

먹는 둥 마는 둥 깨작거리는 모습에 어머니는
김에 싼 밥을 입속으로 밀어 넣어 주시면서
학교에 늦는다며 일으켜 세워 재촉을 하고
손 따로 생각 따로,
옷 입고 책가방 싸는 것을 보고 계시던 아버지의
호통소리에,
입이 댓 발 나와서 마루 끝에 걸터앉아
가방을 메면서 신발을 신는다
벌써부터 대문 앞에서 기다리고 있던 친구는
한숨을 쉬며 재촉을 하고,
그렇게 두 놈은 어깨에 멘 책가방을
좌우로 흔들어 가며 경쟁하듯 달린다

그놈들의 광천굴 나들이

겁먹은 속을 서로 모르는 채 얼버무리고
굴 입구에 다다라서 횃불을 만들어 들고
기차놀이하듯 줄지어 굴 속으로 들어가고…
서늘한 공기와 약간의 공포감이
한여름 더위를 식혀 양팔에 닭살을 돋게 하고,
이어 펼쳐지는 장관에 어린 놈들은
이미 무서움을 잊고 연신 탄성을 자아낸다
호박넝쿨 모양에 물이 찬 논바닥하며
무지갯빛 천장의 종류석과 석순들은
그야말로 신천지였고,
좁은 틈을 비집고 나와 개구멍을 빠져나오면,
또다시 펼쳐지는
온갖 모양의 기암괴석들에 빠져들 즈음
되돌아 나갈 일 걱정에,
서로 야코죽긴 싫어 머뭇거리다가
암묵의 동의로 동굴을 빠져나오고…

옷은 흙투성이에
얼굴은 그을음으로 눈만 빼꼼하고,
마주 보고 서로들 킥킥대며 웃음보는 터지고
대충 개울물로 씻고 돌아가는 길에
동네 어른들은 한마디씩 웃어 던지고
화들짝 놀란 엄마 손에 등짝을 내어 주고
그대로 수돗가로 끌려가 발가벗겨져서
비누거품에 손빨래를 당하면서도
오늘은 웃고 있다

그때 우리는

채빠꾸로 고기 잡고
남산에 뽕 따 먹고
고추잠소 물장구에
개구리 잡아 천렵가고
횃불 들고 광천굴
과수원 서리하고
바가지산에 총싸움
논바닥에 썰매 타기
망우리 돌리고
연 날리고
딱지치기 빠찌치기
앵기땡기 오목 두고
자치기에 땅따먹기
낙헌다에 도둑놈 잡기
구슬치기 비석치기
눈싸움에 만홧가게
생떼에 쫓겨나고~

함부르고 유명하네

예술가지

교통카게

교복 입은 누나들

누나들은 그것도 모르면서
아직 어설픈 중학생 누나들은
약간 헐렁하고 몸에 맞지 않은 교복을 입고
아직은 조금 땟국물이 가시지 않은 얼굴 끼로
내 관심을 못 받았고,
꼭 끼는 허리에 가슴까지
무척이나 불편해 보이지만
하얀 고등학생 교복을 입고,
웃고 재잘대며
눈 맞춰주고 지나가는 누나들은
무릎 꿇고 엎드려 땅따먹기하던 나를
잠시 '타임' 하게 했고,
만홧가게 골목으로 꺾어져 사라질 때까지
내 눈을 가자미로 만들었다

누나들은
코흘리개 꼬마놈이
그런 엉큼한 눈으로
자기들을 훔쳐보고 있었다는 걸
꿈에도 몰랐겠지
하물며
같이 놀던 그놈들이야

대화 차부

탕 탕 오라이~
양놈들 보다 능숙한 발음으로 차장 누나들은
오라이 스톱을 외쳐대고,
양손에 들고 머리에 이고, 보기에도 불안한
아낙들은 갈팡질팡 혼이 빠지고,
출발하는 버스를 돌려세우는 만삭의 외침에
차장 누나의 목소리는 점점 커져만 간다
밀려들고 빠져나가려는 버스들로 차부는 오늘도
장사진을 이루고
호박엿 깨엿 땅콩엿
팔려는 손 사려는 손으로 버스 창문은 홍역을 치른다

가는 사람들 오는 사람들
그 속에 배웅 나온 아버지도 계시고,
가기 싫은 아쉬운 표정을 애써 감추는데
길 건너 친구 어머니가 음료수 한 박스를
창문으로 밀어 넣어 주시고 손을 저어 주신다

세월의 거리만큼 작아져버린 차부가
기력이 떨어진 아버지의 모습처럼
마음속에 아쉬움으로 남아
그때의 기억 속에 겹쳐져 한 번 더
나를 붙잡아 뒤돌아 세운다

병아리를 묻어주고

이미 오늘 용돈으로 받은 십 원은
달고나로 탕진했고
압강상회 막내 놈이 나와 내 단짝인
광용이를 유혹한다
자기가 키우다 죽은 병아리를 항아리 집 담 밑에
묻어주고 절을 두 번 하면 크라운산도를 준단다
안 그래도 눈치를 보며, 그놈 집 앞에 쌓아둔 모래더미
에서 고무신으로 만든 자동차 놀이와 두꺼비집
놀이를 하던 차에,
자존심이 상하고 내키진 않았지만,
이미 광용이의 눈빛은 돌아가고 있었다
누가 먼저라 할 것 없이 우리는 양손의 모래를 털어가
며 의식을 준비하고 애처로운 병아리의 죽음을
애도하며 두 손 모아 공손히 절을 했다
달고나만 사 먹지 않았어도,
내 돈으로 크라운산도를 사 먹을 수 있었고,
절대로 병아리 따위에 절을 하지 않았을 텐데…

그때 그 치욕이
오십 년이나 지난 오늘날까지
때만 되면 나를 입 다물게 한다
사실, 그때 셋이 다 같이 절을 했는데

고추잠소 가는 길가엔

빨랫돌을 디디고 건너
둑길을 따라가다 보면
한길 밑에
거북 등처럼 갈라진 논두렁이 있고
그 가운데로 봇도랑을 끼고
노인네 등허리처럼
굽은 농수로가 고추잠소를 향하고
중간에서 갈라지는 땀띠물 가는 길
그 너머 고기 잡고 물놀이하던 말 방소가 있고
메뚜기 잡고
물장구치던
우리 놀이터가
지금은
오십 줄 반백의 기억 속에 묻혀
살려달라 소리치며
허우적거리고 있다

점심시간에

땡 땡 땡
점심시간
긴 복도를 쏜살같이 달려
살금살금 교무실 앞을 지나
들고온 검정 고무신을 신고
낮에는 겁 안 나는 화장실 뒤쪽
철조망을 들어 올리고
좁은 논두렁을 지나 교회를 끼고 돌아
신작로 길을 냅다 달린다
옥수수 급식 빵을 포기하고
집으로 점심 먹으러…
늦겠다는 엄마 성화에
허겁지겁 욱여넣고
되돌아가는 길에 만난 친구놈이…
지금도 그때 했던 비밀약속을
둘이만 간직한 채
가끔씩
떠올리게 한다

어물전 가오리

처마 밑엔 일 년 내내
커다란 가오리들이 매달려
일광욕하듯
뜨거울 만하면 한번
심심하면 한번
바람에 돌아선다

엄마 십 원만…
변함없는 생떼 소리에
뒤돌아 째려보곤 귀를 막는다

파는 것인 줄도 잊어버릴 만큼
미운정에 고운정에
익숙해져버린 그 큰 가오리는
오늘도 그 앞에서
울고 웃고 있는 나를 지켜보며
즐기고 있다

그 시절 운동회

마을잔치로 시끌벅적해져버린
국민학교 운동장에는
만국기가 아이들을 쪼그라들게 하고
어른들 잔치로 뒤섞여
숫기 없는 어린놈들은
애꿎게 가렵지도 않은 등을 긁고 있다
일찌감치 엄마 손에 이끌려
산만한 국밥 그릇을 앞에 놓고
운동회는 잊은 지 이미 오래다
네 편 내 편 구분도 안되는 줄다리기로
운동장은 떠나갈 듯하고
어깨동무 발목 묶고 이어달리기에
오미지로 청군 백군 박을 깨고 나면
역시나 오늘 달리기 일등은
열 시 오십 분 계집아이
서산 끝자락이 지친 해를 끌어안고
이런 핑계 저런 핑계로
손에 손에 공책이며 연필을 받아 들고
의기양양하게 문지방을 넘는다

소나기

커다랗게 먼저 네모를 그려놓고
조막손을 한껏 벌려
그 안에 동그라미를 그린 다음,
무릎 꿇고 엎드려
병뚜껑을 튕겨가며
오늘은 땅따먹기를한다
한 뼘 두 뼘 돌려가며
내 땅 만들기에 정신 팔려
흐르는 콧물은 뒷전이고
그냥 한 번 팔뚝으로 쓰윽~
콧물은 볼 태기에 말라붙고

밥 먹어라~
부르는 고함에
땅따먹기는 파투나고
도살장에 끌려가는 송아지마냥
목덜미를 잡히어 수돗가로 끌려가
무지막지한 손바닥에
내 얼굴은 혼이 빠지고 나서야
숟가락을 잡는다
벌써 머릿속은 구슬치기로 꽉 차있고
때마침 쏟아지는 소나기에
냅다 뛰어나가
벌써 앵두나무 할머니 집
골목길을 돌고 있다

소나기가 지나고 나면

소나기가 지나고 나면
골목엔 작은 물길이 생겨나고
중간중간 모래성을 쌓아
흙탕물을 가두어 놓고
물장난에 흙장난에 시간 가는 줄 모르다가
마지막엔 종이배를 띄워 놓고
누구 배가 멀리 가는지
입으로 불어주고
손가락으로 밀어주고
앵두나무 할머니 집 앞을 지나다가
종이배에 작별을 고하고
다시 왕개미를 띄운다
올라오면 밀어 넣고, 올라오면 밀어 넣고
도랑 앞 빨랫돌 위에서
그렇게 우리는 작별했다
그때 그 꼬마는 무슨 생각을 했을까?
너무 낡아 버린 나를
틀에 끼워 맞추려 하는 것이
싫고 아쉽다

크리스마스트리

졸린 눈을 비벼 가며
식구들 모두 밤늦도록
색종이를 자르고 동그랗게 말아 붙여
길게 색종이로 사슬을 만들고
아버지는 대문 옆 한쪽으로
크리스마스트리에 쓰일
큰 소나무를 세우는 데 진땀을 빼시고

먼저 소나무에 반짝이 등을 이리저리 감고
밤새워 만든 색종이 띠를 칡넝쿨처럼 걸쳐감고,
남은 것은 대문 위로 길게 안방 문 위까지
이어 걸쳐 놓은 다음
마지막 비장의 무기는
아버지께서 사다 놓은 리본 달린 왕방울!
이 집 저 집 크리스마스트리를 둘러보곤,
슬쩍 만족감에 미소를 띠는데
엄마 품에 안겨 나온 막냇동생이
손가락을 입에 물고
버리 버리 웃는다

공포의 백제 고개

차부를 떠난 버스는 거친 숨은 몰아쉬며
구디미에서 크게 한 번 심호흡을 한 뒤
지금의 방림 삼거리를 못미처
백제 고개를 향해 왼쪽으로 휙 돌아서서
슬슬 산기슭을 오르기 시작한다
차창 밖 시야는 하늘을 보이고
꾸역꾸역 올라가는 버스의 엔진 소리에 맞추어
차마 고개를 못 드는 꼬마의 심장 소리도
덩달아 뛰기 시작한다
산기슭을 돌고 또 돌아 마지막 절벽을 끼고
밑이 까마득한 산 정상에 다다를 때쯤
꼬맹이는 더이상 참지 못하고
두 눈을 꼭 감은 채 차창 밖으로 먹은 걸 토해댄다
눈물 콧물 범벅이 된 얼굴엔 아버지의 손수건이
싸리 빗자루 마당 쓸듯 한 번 닦아주시고는
그 큰 손바닥으로 내 등짝을 쓸어내려 다독여
주신다

한바탕 차멀미로 바람 빠진 풍선처럼 추욱 늘어지고
아직 남아있는 그 무서운 백제 고개는
아버지 무릎에 엎드린 채
기도하는 마음으로 운명에 맡기고
어느덧 버스는 시루묵 고개를 넘어서고
핏기 없는 꼬맹이에게 안도의 미소를 보낸다

그 아이

긴 생머리에 하얀 얼굴
잘 웃어주고
어릴 적
그 애는
그렇게 예뻤다
물장구에 소꿉놀이
수건돌리기 때는
꼭 내 뒷자리
콩닥 콩닥 들킬까
가슴이 조마조마
그땐 그 애가
내겐 그랬다

아직도 나는
그때 그 징검다리에서
이제는 오지 않을
그 앨 기다린다

그 겨울의 땀띠물

수도꼭지는 얼어 터져
콧물은 고드름이고

아버지는
물지게에 등골이 휜다
철부지 어린 놈은
손을 호호 불어가며 뒤를 따르고
들어가란 호통소리에
저만치 떨어진다

얼음 깨 물통 채우시고
물 한 바가지로
이리와 물 먹어라~
하시고는
남은 물로
언 땀을 녹이시고

일어나 다시
물지게를 멘다

그때의 그 꼬맹이를 만나다

땅따먹기하던 그 자리 위에 서서
발끝으로 한 번 동그라미를 그려보고
만홧가게 골목 쪽을 돌아보며
그때의 가자미눈을 하고선,
나만이 알 수 있는 그때의 미소를 지어본다
담장 너머로 살구를 따 먹던 꼬맹를 놀라게 한
그 아이 집 골목길을 돌아, 병아리 무덤 앞에 서서
뒷짐 지고 그 자리를 발걸음으로 한 번 되짚어보고
장날 그 비좁던 난전의 인파 속, 그 길을 지나
신작로 길 위에 서니,
소 몰고 우정 거리 가는 촌 노인네가
곰방대를 등에 꽂고 황소걸음을 재촉하고 있다
뒤돌아 남산 머리를 한 번 올려 보고는
풍겨오는 뻥튀기 냄새에 정겨움을 남겨두고
차부 앞을 지날 때는, 그 기억보다 먼저
작아지고 변해버린 모습에 안타까움이 앞서고
언제 왔어?

지나가던 친구 형의 목소리에 그 꼬맹이의
모습은 사라지고
그 신작로 아스팔트 길을
낯선 덤프트럭이 무심히 지나친다

땀띠물의 눈물

나를 그만 내버려 둬
그냥 바라만 봐주면 안 될까
자기들 마음대로
깎고 다듬고 치장하고
혼자 거울을 볼 때마다
낯선 내 모습에 깜짝깜짝 놀래

할 수만 있다면
예전 모습으로 돌아가고 싶어
멱 감던 아이들
빨래하던 아낙들
물지게 메고 오던 아저씨
모두 다 빼앗기고

표정 없는 얼굴
쇼윈도 마네킹처럼
지금 이 모습이
정말 나인 거야?

제2부

온 세상이 아름답게 보일 때

봄

움츠렸던
겨울의 껍질이
벗겨지는 간지러움

탈피의 개운함이
코끝으로 느껴지는
봄

봄이다

햇살

봄 햇살
얼었던 마음도
참고 참았던 그리움도
햇살은 당해낼 수 없구나
대신할 수 없겠지만
봄꽃 한 송이에
마음을 담아본다

오래도록 간직한
소중한 그 무엇이 있다는 것
존재만으로도
위로가 되는 그의 의미
행복 그 자체

봄의 변장

꽃이 피는가 싶더니
봄비 한 번에 꽃이 지고
가지마다
어린 이파리들만 남았다

꽃을 찾아 떠도는
나비도 아직인 때
벌써 꽃은 지고
봄비의 심술인가
계절의 엇박자인가

봄의 변장
여인의 변장
마음만 앞서고
따라가기 바쁜 몸뚱이

제비꽃

들풀 속에서
다가설 수밖에 없는
그대는
고운 여인이더라

작지만
당차고 꿋꿋하게
그대는
흔들리지 않더라

깊은 보랏빛
싯말 같은 자태
그대는
살아있는 영혼이더라

화려한 유혹에
수줍게 외면하는
그대는
보랏빛 사랑이더라

꽃망울

엄마 손 아빠 손
요람 안에서
하늘하늘
실바람 그네를 타고
벌 나비가 머물러
입맞춤하면
햇살보다 고운
기지개를 켠다

나비꽃

앉을까 말까
살짝 살짝
앞발을 붙였다 떼었다,
날갯짓에
꽃잎이 간지럼을 탄다
발그레한 낯빛에
살랑살랑 몸짓
꽃잎 위에서
나비는
날개를 접고
꽃잎이 되었다

하얀 목련이 필 때면

하얀 목련
목련이 필 때면
하얀 미소가 피어나고,
하얀 미소가 피어나면
내 마음도 따라 피고

아침이슬
햇살의 무게에도
힘겨워하던
꽃잎 하나하나

손바닥 위에
꽃무덤 만들어
떠나보내고

하얀 목련이 필 때면
아쉬움에
그리움에
하얀 미소를 훔친다

그네

하늘빛

연분홍 치마
물들이고

한 떨기 꽃잎
나비인들 비할까

낮달

바람에 쓸린
삼월의 움츠린 하늘
연푸른 하늘 한편에
반쪽 낮달이
있는 듯 없는 듯 하늘빛에
숨어있다
밤새 씨름하던 놈
슬쩍 우리만이 알 수 있는
미소를 보낸다
오늘 밤 기어이
너의 항복을 받아내리라
의미심장한 다짐 뒤로
슬쩍 윙크하는 낮달

낮별

산 자와 죽은 자
뒤척이는
별 밤

민낯을 내어
햇살을 머금고
낮별이
지친 하루를 쉰다
하얀 별 파란 별
도라지꽃
탈을 쓰고

향수

시선의 저 끝
별들의 이야기
하늘 아래
능선 울타리를
달빛이 넘나들고
진달래꽃 빛
불 밝혀주는
물 굽이를 돌아
둑길엔
풀벌레 소리
달구지 끄는
황소걸음이
달빛에
어울린다

바다 1

아귀의 입으로
태양을 집어삼켜
어둠 속 깊이
낮을 숨긴다

바다 2

바다
시절도 계절도
어울리지 않는
그 자리 같은 모습
오늘
내 앞에 너도
한결같은 바다
나는
그런 네가 좋다

바다 3

멀리 수평선은 담장
담장 안 정원엔
갈 수 없는 바다

카페에 앉아
안목의 정원을 산책한다

커피 향엔 바다 내음이 묻어난다

오월이 오면

오월
꽃들은
나무에서 내려와
풀밭에 앉았다
바람이 전해주는 소식
고향 집 들녘에도 오월은 왔다

여름의 입새
나무의 봄꽃도 막바지
아카시아 꽃밥 한 입
개울 물소리 시원히 다가오면
이른 멱 감고 떨던 파란 입술
들뜬 아이들 마음에도
오월은 왔다

그리운
임 소식 전해올까
바람에 귀 기울여 보고
담 맡 귀퉁이
이름 모를 들꽃에도 안부를 건넨다

해마다

오월이 오면

묵었던 마음에도

설렘은 감출 수 없구나

별 밤의 역(逆)

별 밤 속으로
그들에게로 가는
꿈의 엘리베이터를 타고
그들과 같이 별이 되었다

세상의 밤은
농익은 붓끝의 기교로
적당한 배분의 여백을 채우는
또 다른 별 밤의 수묵화였고

별들의 속삭임만큼
아름다운 세상 속 사랑 이야기
반짝이는 별빛은
세상사 귀 기울이는 그들의 관심

그들의 눈에

세상의 밤은 아름다웠고

삭막하지도 각박하지도 않았다

오늘 밤에도 별빛이 반짝인다

유월의 여심(女心)

유월의 푸른 하늘
흰 구름은 하늘을 머금고
한낮의 열기
미간을 일그러뜨리기엔
아직은 어리다

여린 풀밭은
발걸음 제법 푹신하고
봄비에 잃어버린 복사꽃,
산 복숭아의 홍조 띤 낯빛이 반갑다

봄 햇살에 설레던 여심
유월 하늘에 풍덩 빠지고 싶다

진달래꽃 1

임을 떠나보내고
내 마음엔 비가 내렸다

하늘은 맑기만 한데
두 눈엔 슬픔만이 맺혀

눈에 밟혀
바람에 흩날리는
임은 진달래꽃이어라

내 영혼이 머무는 곳
그곳은
진달래꽃 만발이어라

진달래꽃 2

연분홍 고운 자태
산들바람 등에 태우면

혼 놓고 눈 감아
보채어도 보고
품기어 두 볼을 비벼 보아도

황폐한 마음

너를 담아 읊기엔
턱없고 민망하더라

돌탑 쌓는 아이

덩그러니
낯선 곳에 홀로 남겨진 어린아이처럼
두려움보다 앞선 막막함에
제자리를 벗어나지 못하고

점점 더
움츠러드는 눈빛
텅 빈 가슴엔
허전함만을 남기고

새로 채운 공간에는
알 수 없는 빈자리
세월의 흐름이 너니세 느껴지는 오늘

공허의 허기
돌아가 안기고 싶은 설움에
잠 못 이루는 밤

제3부

미련 후회 그리고 아쉬움

낙화

봄비에
꽃이 진다

복사 꽃잎

애처로이
바닥에 떨구어져

봄볕 바람에
날리어라도 보았으면
좋으련만

야속하게 봄비가 내린다

이별의 설움이야
굳은살이 박였지만

그리운 님
보여주지도 못하고
지는
네가 안쓰러울 뿐

공허

몸도 닳고
마음도 닳고
나이를 먹는다는 것이

어려지고
어려워지고
늙어 간다는 것이

힘들어지고
체념하게 되고
시간이 가는 것이

눈물이 나고
그리워지고
아쉬워지는 것이

이대로 탈 없이 지나가길
바라는 마음으로
그렇게 세월은 흘러간다

회상

기억의 한구석
쪼그리고 앉아
말라죽은 거미의 사체를
지키고 있는 거미줄
낯선 이의 침묵만이
변해버린
이방인을 맞는다
끼고 살진 않았지만
소중히 간직했던
오래전 멈추어버린 시계
아무도 찾지 않는
시간의 공백
거슬러 올라가는 연어처럼
노을에 갇혀버린
너를 안아 입맞춤한다

하루

슬픔을 안고
남겨진 사람들은
조금씩 조금씩
더 낡아간다
살아가는 수순
행복보다는 아픔이
더 많이 남았을 나이
두드릴수록
더 단단해지는 무쇠처럼
이제는 무덤덤해져 버린
그토록 여렸던 눈망울
나이만큼 멀어지고
나이만큼 어려지고
점점 더 살갑게 느껴지는
달과 별 바람과 구름
애처로운 생명들,
뜨거웠던 순간순간들
기억에 의지하며
그리움을 덮고
하루가 간다

바람 소리

둥지에서 밀린
어린 새의 구멍 뚫린 가슴을
휑하니 바람이 지나간다

바람은
소리가 되고
어린 새는 바람 소리를 낸다

버려진 어린 새는
울지 않는다

바람은
단지
어린 새의
소리가 듣고 싶었을 뿐이다

삶 그리고 애착

벗어나긴 두렵고
갇혀있기엔 답답한
삶의 무료함에
깊이를 알 수 없는 수렁에서
허우적거려보지만
무엇이 진리인 줄 깨닫기도 전에
되돌릴 수도 없이 낡아버리겠지

사랑도 미움도
하나의 또 다른 모습
이룰 수 없는 소원이라
눈만 감고 앉은 기도
살아있다는 의미
살아간다는 의미
그저 혼자만의 독백일 뿐

친구

친구란 좋은 것이다
하지만, 친구가 다는 아니다
너에게 자식이 먼저고
부모가 먼저고 아내가 먼저인 것처럼
친구도 그다음이 너다

누구에겐 삼 순위이고
또 누구에겐 일 순위일 수도 있지만

이겨낼 수 있을 만큼만
감당할 수 있을 만큼만
이리저리 치이고
친구에게마저도 치이면
사는 게 너무 허무하잖아

인연

인연은
여울목처럼 머물다
아쉬움을 남기고 떠나가는 것

아침을 깨우는 햇살처럼
눈뜨면 이내 사라지고
또
다음 아침을
깨우려 찾아오는
반가운 얼굴 같은

그런
인연이었으면 좋겠다

노을

저무는 아쉬움
붉은빛 새털구름
나도 너처럼
노을이 좋다

스쳐 지나간
수많은 얼굴
우리 이야기들
하나둘 잊히고
무디어지겠지만

이 느낌
이 기분
이대로 영원하다면
작은 가슴 하나로는
부족하겠지

멈추어버린 시간

내 가슴에 가두어
아주 많이 좋아했던
그 사람
그 기억이
너무도 소중했기에
그마저도
건드릴 수 없는
나만의 자존심으로
간직했습니다

깨어날까
두려워
깨어질까
두려워
당신을 외면했습니다

보고싶습니다

기어이

못다 한 말

사랑합니다

당신을 사랑합니다

가까이서

조금만 더 가까이서

당신을 느끼고 싶습니다

이다음에 우리는

우리에겐
남아있는 시간이
많지 않은 것 같아
우리가 느끼지 못하는 사이
어느새 너무나 멀리 와 있네

몸을 사릴 나이지만
마음은 아직 한창
되돌아가기엔
너무 늦어버린 것은 아닐까?

오래도록 미루어 놓은
알 수 없었던 속내
하나하나 되짚어보는
시간이 필요할 것 같아

이다음에
여로의 끝자락에서
기억이 가물해지면
그대로 묻혀버릴
우리 이야기가 너무 아쉬워

기다림의 안도

이대로
영원할 것만 같은
끝이 보이지 않는 기다림
기대의 확신은 없다

두려움의 빈자리를
끝없는 기다림으로 채우는

길들어진 고요
반쪽의 안도

변명

세월의 거리만큼
잊혀 가는 것이 이치

사람의 간사함이
낯부끄럽게 느껴지는 오늘

나누지 않은 사랑
스스로 위로하는 변명

생전의 바람이
작금의 위안이 될 줄은
어찌 짐작이나 했으랴

옳고 그름의 판단이
현재의 기준에
끼워 맞추어지는 것이
그저 서글플 뿐

길 한가운데 서서

뒤돌아보는
그 길 위에는
가는 사람 오는 사람
되돌아오는 사람
또 되돌아가는 사람

길 한가운데 서서
방향을 잃고 선
어린아이처럼
어쩌면 지금
그 자리가
새로운 시작의
출발선일는지도

세월 따위가 무슨 대수인가
돌아보고 앞서 보면
의미도 없는 것을

눈 감으면

눈 감으면

더듬어
아쉬웠던 지난날이

눈감고
조용히 귀 열면

그날이 오늘이고
오늘이 그날인 것을

눈 감고
눈 감으면

어떤 이별

가는 이를
염려해주는
그 자리에 서서
의미도 없는
암묵의 동의
그저 고개만 끄덕일 뿐
긴 여행에 앞서
아쉬운 마음으로
그냥 그렇게 바라만 볼 뿐

웃지만
울고 있는
괜찮다지만
편치 않은
잡고 싶지만
보낼 수밖에 없는
알 수 없는 침묵

빈자리

이대로 탈 없이
영원할 수 있게
나는 너에게
너는 나에게
서로의 위안이 될 수 있기를

또 하나의 행복

돌아가고 싶은
그 시절
그리운 사람들
곁에서
그 시절을
아울러
오늘을 이야기하며
머물다 가는 것

몫

그리움이 죄스러워
눈감아 올려 보고

마르지 않는 눈물은
칼이 되어
심장의 허공에 난도질을 해대고

공감을 위안 삼아
오늘 또 하루
남은 숨을 쉰다

그리움이 강물처럼 밀려오면

달빛 아래
혼자 걷는 길은
걸음걸음이 섧다
육신의 고통이야
참을만하다마는
그리움의 한기는
앓아서 낫기에 버겁다

달이 운다
달이 운다
내 안의
달이 운다

늦은 오후의 산책

기다림이 없는
발걸음
재촉할 일 없고
한걸음 한걸음
되짚어보는 시간
한눈파는 것도
없었던 버릇
스쳐 지나가는 사람들
눌러쓴 모자의
뻔뻔함이 낯설다

잊혀 가는 것이

잃고 싶지 않은
기억인데
잊혀 가는 것이 아쉽다

기억의 저편 한구석에
아련히 남아
조금씩 조금씩
흩어지고 멀어져 간다

그때 그 모습이
어렴풋이
느낌으로만 남아
그려지질 않고

한 번쯤 돌아가
한 번 더
스치어 보고 싶은

잃고 싶지 않은
좋은 느낌

이방인의 방문

'산천의구란 말
옛 시인의 허사로고'

고향
아련한 그 시절 그 얼굴들

정 들여 가꾸었던 꽃밭에는
낯선 이의 꽃들로 가득하고

속절없이 잃어버린
소중했던 자취들

잘 다듬어놓을수록
낯설게 다가오는 모습

안기고 오르던 소나무만이
그 자리를 지키고 있다

꿈결에

어젯밤

버선발 꽃잎 밟듯
사뿐히 앉았다가

진달래 꽃길 따라

바람에
꽃잎 나비 날 듯
흔적도 없이 가더이다

달아, 달아

노을의 여운이
채 가시기도 전에
찬 숨을 토해 내며
풍등처럼 떠올라

원망일랑
품어 버리고
그리움일랑
고이 접어 전해주고
소원성취 바람일랑
품속 깊이 간직하고

사그라들 때까지
너는
시인의 속을
잿빛으로 희롱했다

보릿고개

쌀독은
바닥을 보이고
처마 밑에 고등어는
달랑 한 마리
밭일 나간 서방은
아직 멀었는데
어린놈은
밥 달라고 보챈다
불 지피고 남은 건
벌건 숯뎅이뿐
쓸데없이 뒤적이고 앉아
크게 한번
한숨을 짓는다

제4부

부질없는 참견

이면(裏面)

텅 빈 머릿속을
신용 불량자의 내일로 가득 채우고
타인의 시선을 먹고 사는
심판받지 않은 약탈자들

거꾸로 돌아가는 세상 속을
목줄에 묶여
다람쥐 쳇바퀴에 올려진 채
내색하지 못하고
신음하는 도피자들

내일을 담보로 오늘을 사는
브레이크 없는 광란의 질주
알고 싶지 않은 종착역
벗고 싶지 않은 가면(假面)

愚(어리석을 '우')

가진 자의 과도한 집착
이기적인 배척

가난했던 지난날의 망각
남을 업신여기는 가벼움

알량한 배려의 자기만족
착각하는 어리석음

무관심과 욕심 사이의 줄타기

스스로 판 무덤에 갇혀버려
헤어나와야 하는 것조차도 모르는

미련해서 측은한
사람들

남사당 놀이패

접시 돌리기 재주넘기 농악놀이
줄타기 탈놀이 인형극

탄생에서 죽음까지 정교하게 짜인 각본대로
추고 싶지 않은 어색한 춤을 추는
꼭두각시 인형들
서로가 서로에게 끼워 맞추어져
딱 맞아 돌아가는 톱니바퀴처럼

집단적 최면에 걸려 정체성을 잃어버린 사람들
의지와 상관없이 이끌리는 행동
사람들은 인연이라 운명이라 한다

그토록 지독한 공연마저도 조작의 수순일까
뻐꾸기의 조작에 빠져버린 사람들
차라리 틀을 깨고 세상 밖으로
훨훨 날아가는 조작이고 싶다

탄생에서 죽음까지 정교하게 짜인 각본대로
추고 싶지 않은 어색한 춤을 추는
꼭두각시 인형들
남사당놀이

그것은
그들의 조작이었다

그들의 단장

뭉텅뭉텅
사지가 잘려나가고
조금의 배려도 찾아볼 수 없는
참담한 현실
기나긴 겨울
살을 에는 아픔에도
견디어낸 고통
그들만의 공식대로
아무런 거리낌 없이
그렇게 잘려 나갔다
그들에겐
혹독한 추위보다
따스한 봄볕이
더 춥고
더 무섭다

도시의 소나무

무한경쟁 속으로
목적의식도 잊어버린 채
무작정 앞만 보고 달리는 사람들

살아남기 위해 비굴하고
뒤쳐질 수 없기에 무정할 수밖에 없는
사람들은 점점 더 모질어만 간다

구조적 모순의 희생자들
너와 나 그리고 우리들
스스로에게 회초리질 해가며
도시의 소나무를 자청해보지만

어제 같은 오늘을 살아가야만 하는
굴레의 덫에 걸려
너무나 무감각해져버린
도시의 소나무들

끝

산꼭대기에서
더 높은 꼭대기로
땅끝에서
바다 끝으로
끝을 좋아하는
사람들 욕심은 끝이 없다
그 끝에
자신이 서 있는 줄도 모르고
모질게 몰아간다
그 끝으로

제5부

동심 속으로

엄마 품

엄마 품

새근새근
엄마 품에서
새근새근
아기가 잠을 잔다
아기
숨소리에 맞추어
아기랑
새근 새근

풍경

뒤뚱거리며
달아나는 어미 닭을
아장거리며
뒤쫓는 강아지
놀란 가슴에 어미 닭은
새끼들을 불러 모아
품 안에 숨기고는
놀란 눈을 껌벅이며
털을 세워
강아지를 살피고
묶인 어미 개는
강아지를 부른다

싫지 않은 잔소리

어디 가니?
일찍 들어와라~
조심하구
춥다 어서 들어와
별일 없었지?
밥은?

오늘도 여전히
잔소리를 하고 있는
현관 등

장독대 풍경

옹기종기
모여앉은 장독들 위로
소복소복
쌀가루를 뿌려 놓은 듯
탐스러운 모자를 쓰고
다소곳이 앉아
햇살을 맞는다

이름 모를 화가의
화룡점정
한 줄 새 발자국
풍경의
낙관을 찍는다

눈 발자국 1

발자국은 어른인데
걸음 폭은 애들 폭
간밤에 찍어 놓은
아버지 마음

발자국은 애들인데
걸음 폭은 어른 폭
간밤에 찍어 놓은
아들의 마음

눈 발자국 2

밤사이
내린 눈이
솜사탕을 깔아 놓은 듯
한 입
베어먹기 아까운데

새벽길 따라
한 줄 발자국

걸음걸음
첫걸음마 떼듯
아쉬워
어이 갔을까